Analyse de l'œuvre

Par Myriam Hassoun et Kelly Carrein

Hygiène de l'assassin

d'Amélie Nothomb

lePetitLittéraire.fr

Rendez-vous sur lepetitlitteraire.fr et découvrez :

Plus de 1200 analyses
Claires et synthétiques
Téléchargeables en 30 secondes
À imprimer chez soi

AMÉLIE NOTHOMB

ROMANCIÈRE BELGE

- **Née en 1966 à Etterbeek (Belgique)**
- **Quelques-unes de ses œuvres :**
  - *Le Sabotage amoureux* (1993), roman
  - *Stupeur et Tremblements* (1999), roman
  - *Une forme de vie* (2010), roman

Auteure belge née dans une famille de diplomates, Amélie Nothomb – Fabienne de son véritable prénom – passe son enfance et son adolescence entre l'Asie et les États-Unis, au gré des affectations paternelles.

Plus tard, elle obtient une licence de philologie romane à l'université libre de Bruxelles. Après un retour avorté au Japon, pays qui la fascine véritablement, son premier roman, *Hygiène de l'assassin*, parait en 1992 et inaugure une activité de publication abondante et métronomique – elle publie un nouveau roman chaque année.

Nothomb se met elle-même en scène dans plusieurs de ses courts récits d'autofiction – *Stupeur et Tremblements*, *Métaphysiques des tubes* (2000), *Ni d'Ève ni d'Adam* (2007), etc. – qui narrent souvent des troubles relationnels entre une victime et son bourreau. Le dialogue est sa forme d'expression privilégiée.

Figurant parmi les auteurs francophones les plus lus aujourd'hui, Amélie Nothomb connait par ailleurs une

exposition médiatique exceptionnelle. En 2008, elle reçoit
le prix Jean Giono qui récompense l'ensemble de son œuvre ;
en 2015, elle est élue à l'Académie royale de langue et littérature françaises de Belgique.

HYGIÈNE DE L'ASSASSIN

UN ROMAN NOIR HORS DU COMMUN

- **Genre :** roman
- **Édition de référence :** *Hygiène de l'assassin*, Paris, Albin Michel, 1992, 222 p.
- **1ʳᵉ édition :** 1992
- **Thématiques :** laideur, nourriture, enfance, ennui, meurtre, relation bourreau/victime

Hygiène de l'assassin est le premier roman d'Amélie Nothomb. Publié en 1992, il a permis à son auteure de recevoir deux prix littéraires (le prix René-Fallet et le prix Alain-Fournier).

Dans un livre que lui a consacré la chercheuse Aleksandra Desmurs (*Le roman Hygiène de l'assassin. Foyer manifestaire de l'œuvre d'Amélie Nothomb*, Paris, Praelego, 2009), Nothomb a déclaré que ce roman était son « manifeste », c'est-à-dire qu'il comportait d'emblée tout ce qu'elle pense de l'art d'écrire, ainsi que sa vision du monde. *Hygiène de l'assassin* recèle d'ailleurs plusieurs thématiques et traits stylistiques qui jalonneront ensuite l'ensemble de son œuvre : ce sont les thèmes de la laideur, de l'obésité, de l'amour problématique ; le gout pour l'humour noir et l'érudition, l'importance des dialogues, etc. Déjà, ce premier roman contient beaucoup de références autobiographiques – notamment son rapport difficile à la nourriture et sa nostalgie de l'enfance.

QUATRE PASSES D'ARMES JOURNALISTIQUES

Prétextat Tach est un grand écrivain français âgé de 83 ans, auteur de 22 romans et lauréat du prix Nobel de littérature. Il est obèse, vit seul parce qu'il est profondément misanthrope et se déplace en fauteuil roulant. Il est sur le point de mourir des suites d'une maladie très rare : un cancer des cartilages appelé « syndrome d'Elzenveiverplatz ».

La rumeur de son décès prochain se répand rapidement, et des journalistes du monde entier veulent le rencontrer pour recueillir une interview. Cela n'intéresse l'auteur que parce qu'il désire humilier ses interlocuteurs, et ainsi mettre fin à son ennui. Auparavant, il n'avait d'ailleurs jamais accordé le moindre entretien : « Ceci est votre première interview. » (p. 19)

Ernest Gravelin, le secrétaire particulier de Tach, est chargé de faire le tri parmi toutes les demandes, et un premier journaliste est autorisé à rencontrer l'écrivain. Commence alors un long dialogue au cours duquel le vieil homme s'amuse à détruire toutes les questions qui lui sont posées. Le ton finit par monter entre les deux hommes et l'écrivain chasse le journaliste de chez lui sans délai.

Malade de peur et de honte, le journaliste se réfugie dans un café où l'attendent ses collègues, qui ne manquent pas de se moquer de lui en écoutant l'enregistrement raté. Ils encensent Tach : « Ce type est formidable ! Quelle intelligence ! Quelle éloquence ! [...] Quelle concision dans la méchanceté ! » (p. 29)

Le lendemain, l'écrivain se livre à une nouvelle passe d'armes avec un deuxième journaliste, qui cherche à le faire parler de la « crise du Golfe ». Mais Prétextat Tach dévie rapidement le sujet sur l'Alexandra, son cocktail favori.

Le journaliste décide alors de faire tourner la conversation autour des habitudes alimentaires de l'écrivain obèse, qui finit par lui détailler ses journées par le menu : un quotidien routinier, rythmé par des repas gras, des après-midis passées à fumer, et des bains que vient lui donner une infirmière qu'il déteste. Prétextat Tach énumère ses repas à l'aide de nombreux détails, tous plus lourds et dégoutants les uns que les autres, jusqu'à rendre le journaliste malade.

Ce dernier s'enfuit alors pour vomir. Il rejoint ses confrères au café, et ceux-ci le raillent à son tour. À l'instar de la veille, les journalistes qui n'ont pas encore rencontré l'écrivain expriment leur admiration devant ce vil caractère : « Ce type est une mine d'or [...] Il est merveilleusement abject. » (p. 47)

Un troisième journaliste arrive chez le vieil homme. Il tente encore de le faire parler de la guerre en Irak, qui est sur le point d'éclater, mais l'écrivain détourne une nouvelle fois la conversation pour démontrer au journaliste qu'il est bon et généreux : il se compare au Christ et affirme que son métier ressemble à un grand sacrifice pour l'humanité. Le journaliste lui répond avec ironie, mais Tach s'emporte et le fait sortir de chez lui. L'intervieweur retrouve ses collègues, qui écoutent l'enregistrement : on découvre que tous ont en fait peur de l'écrivain, mais qu'au fond d'eux, ils aimeraient être comme lui.

Un quatrième journaliste se rend chez Prétextat Tach et lui apprend que la guerre a commencé. L'écrivain compare les livres à des armes et, en des termes vulgaires, développe toute une théorie sur l'écriture et sur ce qu'il faut à un homme pour être un vrai auteur. Cette dernière interview est plus longue, parce que cet interlocuteur est plus calme que ses confrères. Tach lui explique sa haine des femmes et lui avoue sa virginité. Mais l'intervieweur est finalement lui aussi sommé de prendre la porte pour avoir fait preuve d'insolence : il va rejoindre ses confrères, et on apprend que Gravelin exige une copie de chaque enregistrement.

UNE ADVERSAIRE À SA MESURE

Le 18 janvier, Prétextat Tach a la surprise d'accueillir une femme journaliste, Nina, âgée de 30 ans, qui a lu tous les livres de l'auteur. Celle-ci n'a aucun lien avec le groupe de journalistes et ignore donc tout des quatre entrevues précédentes.

Croyant d'abord à une blague, l'écrivain commence par l'insulter, mais elle le force à lui faire des excuses, parce qu'elle a compris qu'il agit ainsi pour tromper l'ennui. Ayant trouvé son point faible, elle veut prendre l'avantage sur lui et, tandis qu'elle menace de le laisser seul, l'écrivain cède et présente ses excuses pour que la jeune femme reste à ses côtés.

Par ailleurs, la journaliste a mené une enquête à son sujet et a découvert que, bien des années auparavant, Tach s'est rendu coupable du meurtre de sa cousine Léopoldine. C'est donc armée de ce terrible secret qu'elle entame son dialogue avec l'écrivain, sans laisser transparaitre ce qu'elle sait. Nina lui lance d'abord un défi : le premier qui fera craquer l'autre aura le droit d'exiger de son adversaire qu'il rampe devant lui. Le vieil homme accepte, persuadé, à tort, qu'il va gagner comme lors de ses précédents duels.

Pour tenter de déstabiliser Nina, il commence par faire preuve de misogynie, allant jusqu'à affirmer que dans son « idéologie, la femme n'existe pas » (p. 114). Mais la jeune femme contrecarre ses plans : elle a lu ses 22 romans et y a dénombré pas moins de 46 personnages féminins. Elle entreprend alors de nommer les œuvres où apparaissent ces femmes pour prouver à Tach que la femme existe bel et bien dans son idéologie. Arrivée au terme de son énumération, il lui semble qu'un roman manque à la liste, mais Tach refuse de lui en fournir le titre.

En vérité, il s'agit d'une manipulation : Nina a volontairement omis ce titre et souhaite pousser Tach à évoquer ce roman. La raison est simple : il s'agit du roman inachevé, *Hygiène de l'assassin*, au sein duquel Tach raconte son enfance et le meurtre de sa cousine. Irrité par ces manigances, l'auteur menace d'étrangler Nina, ce qui semble alors confirmer les doutes de la jeune femme : elle est désormais certaine que Tach a étranglé Léopoldine et va entreprendre la reconstitution des évènements.

Nina a découvert le crime non seulement en enquêtant

dans la ville natale de Tach, mais aussi en lisant son fameux roman inachevé. La journaliste commence par relater l'enfance de l'écrivain : orphelin à l'âge d'1 an, il est recueilli par ses grands-parents et élevé dans un château où résident également son oncle et sa tante, parents de Léopoldine, de 2 ans sa cadette. Leur enfance est idyllique, voire parfaite.

Cependant, arrivés à l'aube de la puberté, tous deux prennent conscience que leur jeunesse dorée ne durera pas éternellement, et que les tourments de l'âge adulte les attendent. Prétextat fait alors promettre à Léopoldine qu'ils n'entreront pas dans cet âge ingrat qu'est l'adolescence : si l'un des deux venait à briser ce pacte, l'autre devrait le tuer.

Pour empêcher l'inévitable, Prétextat met alors au point une « hygiène éternelle d'enfance » (p. 136) qu'il s'agit de respecter à la lettre, mais qui s'avère très malsaine : un sommeil limité à deux heures par jour, une vie majoritairement passée dans les lacs du château, une alimentation minimale et peu nutritive, etc. Prétextat admet d'abord à demi-mot avoir tué sa cousine, mais prétend l'avoir fait conformément à ses souhaits.

Par un coup de bluff, la jeune journaliste parvient à faire avouer au vieil homme que ce récit est entièrement autobiographique : elle lui fait croire qu'elle a retrouvé une photo de lui datant d'avant ses 18 ans et où il était très beau, comme le personnage de son livre. Prétextat Tach révèle alors toute la vérité : il a tué sa cousine par amour, pour l'empêcher de devenir une femme. Le roman inachevé est, pour lui, la preuve que personne ne le lit, et que le peu de gens qui en font la lecture ne la font pas en profondeur. Il s'agit pour-

tant d'une véritable confession du meurtre de Léopoldine,
où aucun détail n'est inventé.

Nina finit par convaincre Tach de raconter oralement sa
version de l'assassinat, ce qu'il a beaucoup de mal à faire. Le
meurtre s'est déroulé le jour de l'anniversaire de Léopoldine,
le 13 aout 1925. Vers une heure du matin, les enfants ont
commencé leur journée en faisant l'amour (en vérité, Tach
a donc eu des relations sexuelles avec Léopoldine avant
d'atteindre la puberté, mais il se considère comme vierge,
car il n'a jamais eu de rapports après celle-ci). Ils ont ensuite
nagé nus dans l'un des lacs du domaine. Selon l'écrivain,
Léopoldine n'a jamais été aussi belle que ce jour-là ; elle
frissonnait avant d'entrer dans l'eau.

Depuis le bord du lac, Prétextat Tach observait sa cousine,
lorsqu'il remarqua un filet de sang dans l'eau : c'étaient les
premières règles de Léopoldine, qui signifiaient son entrée
dans la puberté. La jeune fille est sortie de l'eau, horrifiée
par cet évènement. Alors, suivant un prétendu accord ta-
cite, Prétextat a décidé de la tuer par strangulation. Suite au
récit très précis de cet étranglement, Nina réalise que « qui
a tué par les cartilages périra par les cartilages » (p. 187),
ce qui ravit l'écrivain : il comprend enfin l'origine de sa rare
maladie.

Alors qu'il commence à divaguer, Nina le prie d'achever
son récit. Il raconte alors comment il a ramené le corps
de sa cousine à sa famille et la réaction de celle-ci. Dès le
lendemain, il s'est mis à manger jusqu'à devenir obèse. Mais,
comme il l'avouera plus tard, ce n'est pas là son seul crime.
En effet, il a mis le feu au château familial et a tué le reste

de sa famille dans l'incendie ; la vie sans Léopoldine lui était devenue insupportable.

Presque délirant, il soupçonne Nina d'être plus qu'une simple journaliste : il pense qu'elle a des comptes personnels à régler avec lui, peut-être parce qu'elle serait la dernière descendante de la lignée de son oncle et de sa tante. Nina nie avoir toute relation avec l'écrivain et le force à avouer qu'il est un assassin. Elle le met par terre : elle a gagné son pari, et il doit maintenant ramper devant elle.

Une fois le ventre à terre, Tach a peur de mourir, car il ne parvient plus à respirer. Agissant de la sorte, Nina a l'impression de venger l'assassinat de Léopoldine. Cependant, elle accorde un répit au vieil homme et le retourne pour lui donner de l'air : il lui déclare alors ses sentiments pour elle et la prie de le tuer. D'abord réticente, elle finit par accepter et le tue rapidement, en appréciant la sensation de la strangulation, ainsi que Tach l'avait prédit.

On comprend qu'elle est devenue comme lui : Nina est désormais une meurtrière qui porte en elle le même souvenir de mort que Prétextat Tach. Très calme, elle contemple admirativement ses mains, armes du crime. Le décès du vieil écrivain apporte un grand succès à ses livres et, dix ans après son assassinat, il devient un auteur classique.

ÉTUDES DES PERSONNAGES

PRÉTEXTAT TACH

Prétextat Tach est le personnage principal du roman : c'est un écrivain qui a eu le prix Nobel de littérature et qui a cessé d'écrire 20 ans auparavant, laissant un roman inachevé. Son prénom peu commun lui vient de l'archevêque saint Prétextat : « Je suis né le 24 février, jour de la Saint-Prétextat ; mon père et ma mère, en panne d'inspiration, se sont conformés à cette décision du calendrier. » (p. 166) Cependant, ce prénom pourrait évidemment nous renvoyer au « pré-texte » (c'est-à-dire la première version d'un texte : ici le meurtre de Léopoldine, relaté par Tach, constitue en quelque sorte le matériau premier d'*Hygiène de l'assassin*) ou encore au « prétexte », c'est-à-dire à l'excuse, à l'alibi dont use ce personnage pour justifier le meurtre de Léopoldine.

Tach est un vieil homme de 83 ans. Il est atteint d'une maladie rare : le « syndrome d'Elzenveiverplatz », un cancer des cartilages « dépisté au XIXe siècle à Cayenne chez une dizaine de bagnards incarcérés pour violences sexuelles suivies d'homicides » (p. 8), invente Amélie Nothomb. Obèse, il ne se déplace plus qu'en fauteuil roulant : « Cet homme était tellement gras que depuis des années il avouait ne plus être capable de marcher. » (*ibid.*)

Il est encore décrit comme très laid, pâle et imberbe. Il dresse d'ailleurs de lui-même un portrait physique répugnant : « Quatre mentons, des yeux de cochon, un nez comme une patate, pas plus de poil sur le crâne que sur les joues, la

nuque plissée de bourrelets, les joues qui pendent. » (p. 18)
La seule chose belle chez lui est sa voix : « Il est vrai que vous
avez une très belle voix. » (p. 11)

Esseulé du fait de son état de santé, mais aussi – sans
doute – à cause de son caractère déplaisant, cet homme
qui dit se complaire dans son quotidien solitaire s'ennuie
profondément. Aussi, après qu'il a terrassé la horde de
journalistes venus l'interroger, et lorsque Nina menace de le
laisser seul, la solitude du vieil homme prend le dessus : il la
supplie de rester, laissant dès lors sa fierté de côté.

Tach est orgueilleux, voire prétentieux : il se désigne comme
un génie, se couvre lui-même de louanges et va jusqu'à se
comparer au Christ. En outre, on apprend qu'il a rédigé sa
propre épitaphe.

C'est aussi un misanthrope et, plus spécifiquement, un
misogyne : « Si je vis seul, ce n'est pas tant par amour de la
solitude que par haine du genre humain. » (p. 73) Il déteste
tout le monde : Ernest Gravelin, son secrétaire particulier,
son infirmière, qu'il traite de « salope » à maintes reprises,
et les femmes en général, envers lesquelles il éprouve une
haine profonde. Sur ses vieux jours, il s'est même mis à
tenir des propos racistes : « On commence par engager des
femelles, on finit par engager des nègres, des Arabes, des
Irakiens ! » (p. 104)

Au fil des interviews avec les différents journalistes, on
remarque que le langage est son arme de prédilection pour
humilier ses interlocuteurs : le vieil homme est en effet
un érudit dont le discours est parsemé de citations latines

(« *Post hoc, ergo propter hoc*, n'est-ce pas ? », p. 55), de mots peu usuels (« Vous êtes flatteur comme un sycophante, monsieur », p. 39), de jeux de mots (« Je suis devenu gourmet [...] à plein régime », p. 15) et d'une ironie mordante : « – Changez de métier. – Pas question. J'aime ce métier. – Mon pauvre garçon » (p. 79).

L'écrivain a également des théories bien tranchées sur l'écriture, la lecture, le monde tel qu'il va, et ne se prive pas pour en faire part à ses interlocuteurs, sans se soucier du politiquement correct. Il semble d'ailleurs vouloir à tout prix choquer et scandaliser.

Au fur et à mesure du récit de la mort de Léopoldine, le lecteur en apprend davantage sur l'origine des nombreux « défauts » de Prétextat Tach. Après la mort de celle-ci, l'écrivain s'est retrouvé seul, éloigné de la seule personne qu'il ait jamais aimée. Cette solitude, couplée aux multiples reproches de sa famille, ont sans doute conduit le jeune homme à détester tout contact humain.

Ce meurtre explique aussi pourquoi Prétextat Tach a cessé d'écrire : il a laissé *Hygiène de l'assassin* inachevé, car le décès de Léopoldine lui pesait trop pour continuer à être écrivain ; il a dès lors cherché à se créer une vie de distraction, composée de jeux et de télévision, pour éviter de ressasser cet épisode.

Enfin, le récit de cet assassinat est le catalyseur de la révélation du véritable caractère de Prétextat Tach : au fil du dialogue, le vieil homme, qui semblait méchant, mais relativement inoffensif, se révèle capable du pire (le meurtre d'une innocente) comme du meilleur (des sentiments amoureux sincères, certes entachés d'une certaine forme de perversion).

C'est en définitive un personnage désagréable qui, malgré la maladie qui le ronge, n'inspire aucune pitié au lecteur. Amélie Nothomb en fait quelqu'un d'ambigu, à la fois répugnant et méchant, mais doté d'une grande intelligence qu'admirent d'ailleurs les journalistes qu'il prend plaisir à terroriser.

NINA

Quand elle apparait, dans la deuxième partie du roman, Nina semble être l'exact opposé de Prétextat Tach : c'est une jeune femme de 30 ans, dont le vieil écrivain finit par avouer qu'il la trouve belle. Mais on découvre surtout progressivement que la jeune journaliste est elle aussi très intelligente et perspicace, puisqu'elle a résolu un crime vieux de plus d'un demi-siècle.

S'engage alors un véritable bras de fer entre les deux personnages, mais Nina trouve très vite le point faible de Prétextat Tach : « Cher monsieur, je savais que vous vous emmerdiez. Vous ne m'apprenez rien. » (p. 108) Rusée, elle tente par deux fois un coup de bluff et arrive à ses fins, c'est-à-dire à faire plier le vieil homme.

Elle utilise le même langage que l'écrivain et s'amuse à lui répondre sur le même ton que lui :

> « Il y a un exercice qui me fait particulièrement jouir : hu-

milier les femelles prétentieuses, les merdeuses dans votre genre.

– Moi, mon divertissement de prédilection, c'est dégonfler les grosses baudruches satisfaites d'elles-mêmes. » (p. 110-111)

Tout comme son interlocuteur, elle recourt volontiers au sarcasme et à l'ironie :

« Un des plus grands écrivains du siècle vous fait l'honneur démesuré de vous dire qu'il a besoin de vous, et ça ne vous suffit pas ?

– Vous voudriez peut-être que je pleure d'allégresse et que je baigne vos pieds de mes larmes ? » (p. 109)

En lisant attentivement son roman inachevé, *Hygiène de l'assassin*, Nina a découvert que Tach est en fait un meurtrier. Dès lors, elle pousse l'écrivain dans ses derniers retranchements, et celui-ci voit sa parole confisquée par la jeune journaliste : « Tout à l'heure, vous disiez que vous n'aviez rien à me dire. Ce n'est pas réciproque. » (p. 113)

Bientôt, le rapport de force s'inverse : c'est Nina qui mène les débats et endosse le rôle dominateur qu'assumait jusqu'ici Prétextat Tach – notamment lors de ses précédentes entrevues avec les autres journalistes.

Par sa perspicacité, elle s'attire même le respect de l'écrivain. Il y a de fait une certaine connivence entre ces deux personnages, car, en définitive, Nina fait preuve d'autant de cruauté que Prétextat Tach : elle le force à ramper devant elle, puis finit par l'étrangler.

Son mobile reste flou aux yeux du lecteur, qui est libre de faire sa propre interprétation : Nina voulait-elle tuer Prétextat depuis le début ? Au contraire, désirait-elle simplement rétablir la vérité sur la mort de Léopoldine, sans autre motivation ? Rien ne permet de dire si le meurtre de l'écrivain est prémédité ou si la cruauté de la journaliste est la conséquence de son contact prolongé avec Prétextat Tach. Nina est donc un personnage complexe, qui évolue au fil du dialogue avec l'écrivain, jusqu'à devenir comme lui au terme du roman : criminelle, insensible et manipulatrice.

LES JOURNALISTES

Quatre journalistes masculins se succèdent pour interviewer Prétextat Tach avant l'arrivée de Nina. Ils ne sont jamais nommés, au contraire de leur consœur : ils constituent une masse informe représentant les médias en général. Ils sont tour à tour flatteurs, admiratifs ou parfois ironiques avec le vieil écrivain, mais aucune de leurs méthodes d'approche ne fonctionne ; Prétextat Tach a toujours le dessus sur eux.

On découvre qu'ils ont en fait peur du vieil homme et qu'ils aimeraient être comme lui : de fait, Amélie Nothomb décrit les journalistes comme des écrivains ratés qui ne sont même pas capables de bien se renseigner sur le sujet qu'ils doivent traiter, puisqu'aucun des quatre intervieweurs n'a lu les romans de Tach (à l'exception du troisième journaliste, qui avoue avoir lu un de ces livres).

Aucune solidarité n'anime cette confrérie, car, chaque fois que l'un d'entre eux revient traumatisé par son entretien, les autres se moquent de lui et encensent son bourreau. Ce groupe anonyme, peu valorisé, concourt surtout à définir les contours de la personnalité de Tach dans la première partie du roman : c'est à travers ces entretiens que le lecteur découvre progressivement les différentes facettes de son caractère abject.

LÉOPOLDINE

Même si elle n'apparait pas physiquement dans le roman, Léopoldine est un personnage clé dans la vie de Prétextat Tach, qui en garde un souvenir ému.

Elle est la cousine de l'écrivain, avec lequel elle a été élevée par ses parents dans le château familial. C'est là qu'une histoire d'amour est née entre eux. Léopoldine avait alors en son cousin une confiance aveugle, mais, le jour de ses premières règles, ce dernier l'a tuée pour avoir malgré elle trahi leur promesse de ne jamais devenir adolescents.

Léopoldine, par la voix de l'écrivain, est décrite comme douce et belle : « Léopoldine était l'enfant la plus belle, la plus heureuse, la plus analphabète, la plus savante. » (p. 138) C'est un personnage aérien, qui s'oppose diamétralement à la lourdeur du vieil homme. Leur histoire d'amour et sa fin tragique sont racontées par Tach à Nina dans une tonalité lyrique et poétique qui détonne au vu de l'habituel langage cynique, voire ordurier, dont use l'écrivain dans le reste du roman.

Il faut encore noter que cette cousine assassinée porte le même prénom que la fille de Victor Hugo (écrivain français, 1802-1885), morte noyée en 1843 à Villequier (Normandie).

Prétextat Tach affirme d'ailleurs ne pas avoir voulu noyer la jeune fille – et avoir préféré la strangulation – pour éviter que la mort de sa cousine fasse référence à cet évènement tragique.

CLÉS DE LECTURE

UN ROMAN NOIR

Hygiène de l'assassin est un roman noir par plusieurs aspects :

- les rapprochements qui peuvent être faits avec le roman policier (le crime, l'enquête, etc.) ;
- son personnage principal, sombre et violent, souffrant de dépendances ;
- le lieu de l'intrigue, qui reflète bien l'atmosphère noire du roman ;
- le style particulier du roman, pessimiste et tendant à dénoncer les travers de la société.

Hygiène de l'assassin dresse d'abord le portrait d'un assassin hors pair, dont le crime odieux a bien failli ne jamais être découvert : Prétextat Tach a étranglé sa cousine, puis tué toute sa famille dans un incendie. Il raconte ces évènements dans son livre inachevé, mais seule Nina a su découvrir son secret.

Dans la deuxième partie du roman, la jeune journaliste raconte son enquête : elle a établi des statistiques et lu toutes les œuvres de l'écrivain : « J'ai été la seule à flairer la vérité » (p. 151), dit-elle. Le vocabulaire utilisé dans toute cette partie est bien celui des romans policiers : enquête, bluff, preuves, témoins, etc. La confrontation de la jeune journaliste et du vieil écrivain ressemble à un interrogatoire, une garde à vue : « Vous venez encore de passer aux aveux. » (*ibid.*) Il y a également un certain suspense : Amélie Nothomb semble s'amuser à retarder le dénouement de son intrigue, à la manière des auteurs de romans policiers.

Dans *Hygiène de l'assassin*, on ne sait qui de Tach ou de Nina est le plus dangereux : dès le début du dialogue, un défi est lancé (« Je propose que l'enjeu soit identique pour nous deux : si je craque, c'est moi qui rampe à vos pieds, mais si vous craquez, c'est à vous de ramper à mes pieds », p. 110), et on comprend vite qu'il va en fait s'agir d'un combat à mort. Tach menace d'ailleurs rapidement d'étrangler Nina (« J'ai très envie de vous aider à mourir », p. 162), mais finalement, c'est la jeune femme qui étranglera l'écrivain. La scène de meurtre est alors très brève : « La journaliste s'exécuta sans bavure. Ce fut rapide et propre. » (p. 222)

En sus, le personnage de Prétextat Tach, dont nous avons déjà établi les activités criminelles, peut être assimilé à un personnage de roman noir : il fait en effet preuve de violence (outre le meurtre, il s'emporte violemment contre les journalistes) ; obèse, il souffre également d'une évidente dépendance à la nourriture et ne peut par exemple s'empêcher de consommer des caramels lors des entrevues.

Son appartement, principal cadre de l'intrigue, est très rapidement décrit, mais l'une de ses caractéristiques nous renvoie inévitablement aux atmosphères du roman noir : l'endroit est en effet très sombre, mal éclairé (« Pourrais-je allumer une lumière ? Je ne distingue pas votre visage », p. 11), ce qui contribue à renforcer l'ambiance sombre et malsaine dans laquelle se développe l'histoire. Intime et restreint, c'est aussi le cadre idéal pour un face à face.

Enfin, le roman propose une vision pessimiste de la nature humaine : Prétextat Tach est un personnage répugnant et boursoufflé, dont l'intelligence ne lui sert qu'à faire du mal (il rend malades et humilie les quatre journalistes). Son discours est celui d'un misanthrope, pour qui même l'amour est indissociable de la mort (il prétend avoir tué sa cousine parce qu'il l'aimait). Et si Nina peut d'abord apparaitre comme l'antidote à tant de cynisme, on découvre vite qu'elle n'est pas moins cruelle que Tach : elle devient à son tour une meurtrière, émule et égale de l'horrible écrivain.

Hygiène de l'assassin peut donc se lire comme un roman noir dont aucun personnage ne sort indemne. D'ailleurs, il est à observer que dans le récit, tout plaisir est invariablement source de mort et de mal (nourriture, sensualité, plaisir esthétique, etc.).

UNE CRITIQUE DE LA SOCIÉTÉ

Le roman présente, en filigrane, une critique du monde de 1991 – qui pourrait encore s'appliquer à notre contexte actuel.

D'une part, au-delà du cadre restreint de l'appartement, la société diégétique est une société violente : l'arrière-fond de l'action est le début de la guerre du Golfe (1990-1991), ce qui fait d'*Hygiène de l'assassin*, publié en 1992, un roman ancré dans l'actualité de son temps. En plaçant l'intrigue dans un contexte de guerre, la violence est présente dès les premiers mots du roman : ce faisant, Nothomb montre que le mal est en chacun et inévitable, que ce soit chez les anonymes qui combattent à des milliers de kilomètres ou chez les personnages principaux, qui ont tous deux commis des actes abjects.

Et si Prétextat Tach prétend ne pas prendre part à ce qui se passe dans le monde, les évènements arrivent quand même jusqu'à lui, portés par la voix des journalistes qui viennent l'interviewer et lui annoncer que le conflit a commencé. Même s'il tente de se couper de l'actualité, Tach est donc tout de même en contact avec elle.

Cette prise de distance à moitié réussie témoigne d'une misanthropie certaine chez l'écrivain : la mort de milliers de personnes ne semble pas le toucher et ne l'intéresse que parce qu'il fait preuve d'une fascination morbide. La société, dans son ensemble, ne semble d'ailleurs pas être d'un grand intérêt pour le vieil homme : ses contacts humains sont limités au strict minimum (son secrétaire, son infirmière et l'épicier) et il méprise à la fois la société (critiquant son fonctionnement) et ceux qui en font partie, tandis que lui s'est retiré, en refusant de se conformer aux codes comme le mariage, le travail hors de chez soi, la vie sociale, etc.

D'autre part, le livre d'Amélie Nothomb s'en prend aux médias sensationnalistes et impertinents : la critique de la médiatisation à outrance est omniprésente dans le livre et se manifeste à travers la manière dont l'auteur dépeint les journalistes. Les médias sont en effet présentés comme des vautours qui tournent autour de tout ce qui pourrait faire sensation (la mort imminente d'un homme célèbre, une guerre sanglante et longue, etc.). De plus, les quatre intervieweurs sont de piètres lecteurs et ils sont représentés comme incompétents, formatés, lâches et peureux.

Enfin, avec Prétextat Tach, le roman met en scène un héros rebelle, véritable repoussoir critique : par opposition à une société présentée comme bienpensante et superficielle, l'écrivain est clairement décrit comme un rebelle insoumis aux normes. Il fume, boit, mange très gras, se moque de son poids et de sa laideur. Il utilise un langage grossier pour exposer ses théories misogynes et racistes et ne craint pas la médiatisation de certaines révélations à son propos (il avoue par exemple sa virginité sans peur de la voir étalée dans les journaux).

Le vieil écrivain semble ainsi être tout ce que la société actuelle n'est pas et, pourtant, il n'échappe pas à l'agressivité de celle-ci. Il y a donc quelque chose de tragique dans *Hygiène de l'assassin*, puisqu'ici personne ne semble pouvoir se soustraire à une certaine forme de violence : ni ceux dont on pourrait croire qu'ils sont mus par une certaine idée de la justice (comme Nina), ni même les marginaux qui rejettent intégralement la société (comme Prétextat Tach). Et de conclure avec l'écrivain : « Regardez autour de vous et regardez-vous vous-même : le monde grouille d'assassins. » (p. 201-202)

L'ÉCRITURE COMME MOYEN DE NUIRE

Au centre du roman, à travers la voix de Prétextat Tach et le parcours de Nina, Amélie Nothomb expose une certaine vision de l'écriture et de la lecture. Le vieil homme, à maintes reprises, explique écrire pour nuire aux lecteurs : pour lui, nul lecteur véritable ne sort indemne d'un de ses livres, et la vraie littérature fait mal.

Le seul auteur qui trouve grâce à ses yeux est Louis-Ferdinand Céline (écrivain français, 1894-1961). Cela n'est pas étonnant, car les deux hommes partagent une certaine misanthropie et un succès littéraire conquis sans pour autant avoir été véritablement lus, compris. Tach prétend d'ailleurs avoir influencé l'auteur du *Voyage au bout de la nuit* (1932) et avoir été influencé par lui. Il estime que Céline a toutes les caractéristiques de l'écrivain idéal : « Ah, Céline a tout : plume de génie, grosses couilles, grosse bitte, et le reste. » (p. 83)

LOUIS-FERDINAND CÉLINE

Malgré une personnalité qui suscite la polémique (il était antisémite et raciste) et des actions condamnables (il a collaboré avec l'Allemagne nazie), Louis-Ferdinand Céline est sans doute l'un des auteurs français les plus importants et les plus connus de la première moitié du XXe siècle, et cela malgré le petit nombre de personnes l'ayant véritablement lu.

Son style particulier a été considéré comme une véritable révolution littéraire et lui a valu une reconnaissance immense auprès de ses pairs. Ses textes sont en réalité composés de multiples niveaux langagiers, qui s'entremêlent pourtant avec harmonie : son style est en effet tantôt très recherché et composé d'un vocabulaire scientifique et médical – Céline était médecin –, ainsi que de mots techniques ; tantôt, il est très familier (ponctué de mots d'argot, de mots grossiers, etc.), voire très oralisé. Les termes « langue parlée » sont parfois utilisés pour désigner la prose unique de l'auteur du *Voyage au bout de la nuit*.

Avec les mots, Tach nuit gravement aux journalistes venus l'interviewer (il va jusqu'à rendre malade le deuxième intervieweur, rien qu'en lui décrivant ce qu'il mange tous les jours), tandis qu'avec ses livres, il se donne pour but de nuire à l'humanité tout entière. Mais pour arriver à ses fins, il lui faut rencontrer de « vrais lecteurs », « au sens carnassier du terme » (p. 154) : la lecture véritable est assimilée à l'action de manger et, même si elle est rare, elle est capable de transformer celui qui s'y adonne, comme la nourriture transforme le corps. Nina, l'une des rares vraies lectrices de Tach, se transformera en un monstre meurtrier à la fin du roman.

Prétextat Tach, quant à lui, est finalement pris à son propre piège, puisque son ultime acte d'écriture, le roman inachevé, aboutit à sa propre mort par strangulation. Chez Amélie Nothomb, écrire et lire ne sont pas des actes sans conséquence : la lecture n'est pas un divertissement, mais un risque que l'on prend si l'on s'y adonne profondément. Dès lors, un ouvrage n'est réussi que si le lecteur le traverse sans protection et en ressort profondément changé, pour le meilleur et pour le pire.

UN ROMAN AU STYLE THÉÂTRAL

Hygiène de l'assassin est composé en grande partie de dialogues, ce qui l'inscrit dans une théâtralité désirée et assumée.

Ces nombreux dialogues donnent au roman un rythme rapide et régulier, puisqu'ils ne sont que très rarement interrompus par une description. Les répliques sont généralement brèves (les plus longues, très peu nombreuses, ne dépassent pas la longueur d'une page).

Quelques rares morceaux non dialogués sont présents dans le roman à des moments-clés :

- au tout début, pour introduire la situation dans laquelle Tach se trouve ;
- au commencement de l'entretien avec Nina, lorsqu'elle force l'écrivain à ramper ;
- à la fin du roman, lorsque Nina commet le meurtre.

En réduisant les instants descriptifs au minimum, Nothomb met l'accent sur les dialogues entre les personnages ; puisque nous n'avons accès qu'à leurs paroles, et non à leurs pensées, les dialogues sont le seul moyen de véritablement découvrir les deux personnages principaux.

En outre, l'action se déroule principalement en huis clos : les interviews ont lieu dans l'appartement de Prétextat Tach, tandis que les scènes extérieures (la réunion des journalistes au café) sont encore situées à proximité directe, juste en face de l'immeuble. L'utilisation d'un lieu unique (ou de plusieurs lieux physiquement proches) concentre l'action, renforce le potentiel dramatique du récit et constitue l'une des caractéristiques de ce style théâtral, en ce sens que le cadre spatiotemporel du roman s'adapte tout à fait aux exigences de la scène.

Le temps qui rythme les différentes scènes est un temps court (chaque chapitre correspond à un jour) : comme le texte est composé presque entièrement de dialogues, le temps qui s'écoule au sein du récit est sensiblement égal au temps qu'il faut au lecteur pour lire le chapitre.

Cependant, l'œuvre reste bel et bien un roman ; il n'y a d'ailleurs aucune didascalie avant les répliques et il subsiste de la narration (certes minimale) au passé. *Hygiène de l'assassin* s'inscrit d'ailleurs assez librement dans une tradition romantique à laquelle nous renvoient par exemple la référence à la fille de Victor Hugo, Léopoldine, ainsi que l'obscur serment des deux cousins prêté dans le cadre d'un château qui finira par bruler. Par certains aspects, le roman nothombien revêt aussi une dimension gothique qu'évoquent notamment les lieux de l'enfance de Prétextat (le château et le lac), le thème du passé qui refait surface et influence le présent, l'existence d'un pacte infernal, voire mortel, etc.

Amélie Nothomb produit donc une œuvre hybride, qui joue à la fois avec les codes du roman et du théâtre. *Hygiène de l'assassin* est une œuvre tragique, dépourvue de fin heureuse, à l'humour parfois très noir, et dont les caractéristiques théâtrales en font une sorte de tragédie moderne : une machine infernale se referme progressivement et inéluctablement sur les personnages, jusqu'à la scène de meurtre finale.

UN FIL CONDUCTEUR : LA MISOGYNIE

L'une des caractéristiques principales de Prétextat Tach, qui apparait à la fois dans ses entretiens avec les journalistes et dans son long dialogue avec Nina, est sa misogynie.

D'emblée, celle-ci peut sembler incongrue au lecteur : comment un individu qui a toujours vécu reclus peut-il vouer une haine si féroce à l'égard d'un genre qu'il n'a en définitive que très peu côtoyé ?

Le personnage de Léopoldine – et en particulier le récit de sa disparition –, fournissent des éléments d'explication : de fait, Prétextat a toujours considéré sa cousine comme étant parfaite, la plaçant sur un piédestal, jusqu'au jour où elle a trahi son engagement et franchi le seuil de l'adolescence. Dès lors, son absence a pesé sur la vie du vieil homme (qui a sombré dans l'obésité dès la mort de la jeune fille), et celui-ci n'a jamais pu rencontrer quelqu'un qui arrive à la cheville de sa cousine bienaimée.

Marqué à jamais par la beauté aérienne de Léopoldine, Tach déclare trouver toutes les femmes hideuses : « Les femmes, c'est de la sale viande. Parfois on dit d'une femme particulièrement laide qu'elle est un boudin : la vérité, c'est que toutes les femmes sont des boudins. » (p. 76-77) En outre, l'écrivain est régulièrement humilié par son infirmière – qui vient le laver tous les jours –, et cette torture quotidienne contribue sans doute à intensifier sa haine pour le genre féminin.

Au début de son entrevue avec Nina, sa misogynie se fait encore ressentir d'une manière plus intense : il fait preuve de sexisme, insinuant que les femmes n'ont qu'une « non-vie » (p. 165) et il utilise des termes dépréciatifs à de nombreuses reprises (« Pauvre petite femelle ! », p. 160).

Cependant, si Prétextat semble détester les femmes,

Hygiène de l'assassin ne met pas moins en scène les deux seules femmes qu'il ait aimées et ses deux seules histoires d'amour : d'abord la passion incestueuse qu'il a portée à Léopoldine, puis la passion soudaine, presque délirante, qu'il a ressentie pour Nina.

Notons alors le contraste entre ces deux protagonistes féminins : l'une est une jeune fille innocente et naïve, cueillie par la mort à l'aube de l'âge adulte ; l'autre a atteint la trentaine et, sous ses allures de jeune femme ordinaire, se révèle cependant capable des pires cruautés. Ainsi, ces deux personnages illustrent bien le pessimisme qui parcourt l'ensemble du texte : Léopoldine, la seule personne moralement pure du roman, ne peut survivre dans ce monde et décède très jeune ; Nina, triomphe quant à elle des autres journalistes et de Prétextat au moment même où elle révèle sa propre monstruosité.

Et le fait que Tach ait aimé ces deux femmes si différentes n'est sans doute pas anodin : tandis qu'approche inexorablement l'heure de sa mort, il semble définitivement délaisser son idéal de pureté (symbolisé par Léopoldine) pour s'éprendre d'une femme qui lui ressemble plus et qui est également capable de cruauté.

PISTES DE RÉFLEXION

QUELQUES QUESTIONS POUR APPROFONDIR SA RÉFLEXION...

- Expliquez le titre *Hygiène de l'assassin*, qui est à la fois celui du roman d'Amélie Nothomb et celui de l'œuvre inachevée de Prétextat Tach.
- Amélie Nothomb a déclaré considérer ce premier roman comme son « manifeste ». Selon vous, est-ce le cas ? Pourquoi ?
- La nourriture est un thème cher à Amélie Nothomb (*Métaphysique des tubes*, *Biographie de la faim*, etc.). Quelle est ici son importance dans le roman ?
- Il est établi que les journalistes craignent Tach et l'admirent tout à la fois. Comment comprenez-vous ce double rapport d'attraction et de répulsion ?
- En quoi la fin du roman est-elle tragique ? Répondez en vous appuyant sur la dernière phrase : « Dix ans plus tard, il était un classique. »
- Comment expliquez-vous le retournement complet de Prétextat Tach, qui insulte Nina au début de leur entrevue et qui finit par lui avouer son amour ?
- Commentez cette affirmation de Prétextat Tach : « Le monde grouille d'assassins, c'est-à-dire de personnes qui se permettent d'oublier ceux qu'ils ont prétendu aimer. » (p. 201-202)
- Prétextat Tach affirme être plus nocif que Saddam Hussein (homme d'État irakien, 1937-2006) en écrivant ses livres : êtes-vous d'accord avec cette vision d'une littérature dangereuse, nuisible pour l'humanité ?

- Il est évident que Tach n'est pas seulement misogyne,
  il est aussi misanthrope : relevez les moments où ceci
  transparait. À votre avis, d'où provient cette haine pour
  le genre humain ?
- Si vous avez lu d'autres œuvres d'Amélie Nothomb,
  pouvez-vous rapprocher Prétextat Tach d'un autre personnage de l'auteure ?

Votre avis nous intéresse !
Laissez un commentaire sur le site de votre librairie en ligne
et partagez vos coups de cœur sur les réseaux sociaux !

POUR ALLER PLUS LOIN

ÉDITION DE RÉFÉRENCE

- NOTHOMB A., *Hygiène de l'assassin*, Paris, Albin Michel, 1992.

ÉTUDE DE RÉFÉRENCE

- DESMURS A., *Le roman Hygiène de l'assassin. Foyer manifestaire de l'œuvre d'Amélie Nothomb*, Paris, Praelego, 2009.

ADAPTATIONS

- *L'Hygiène de l'assassin*, opéra de Daniel Schell, Belgique, 1995.
- *Hygiène de l'assassin*, pièce de théâtre de Benjamin Sire, avec Jean-Claude Dreyfus et Nathalie Cerda, Paris, 1998.
- *Hygiène de l'assassin*, film de François Ruggieri, avec Barbara Schulz et Jean Yanne, France, 1999.
- *Hygiène de l'assassin*, pièce de théâtre de Pierre Santini, avec Daniel Hanssens et Valérie Marchant, Bruxelles, 2008.

SUR LEPETITLITTÉRAIRE.FR

- Fiche de lecture sur *Le Crime du comte Neville* d'Amélie Nothomb.
- Fiche de lecture sur *Le Sabotage amoureux* d'Amélie Nothomb.

- Fiche de lecture sur *Mercure* d'Amélie Nothomb.
- Fiche de lecture sur *Stupeur et Tremblements* d'Amélie Nothomb.
- Fiche de lecture sur *Une forme de vie* d'Amélie Nothomb.

Retrouvez notre offre complète sur lePetitLittéraire.fr

- des fiches de lectures
- des commentaires littéraires
- des questionnaires de lecture
- des résumés

ANOUILH
- Antigone

AUSTEN
- Orgueil et Préjugés

BALZAC
- Eugénie Grandet
- Le Père Goriot
- Illusions perdues

BARJAVEL
- La Nuit des temps

BEAUMARCHAIS
- Le Mariage de Figaro

BECKETT
- En attendant Godot

BRETON
- Nadja

CAMUS
- La Peste
- Les Justes
- L'Étranger

CARRÈRE
- Limonov

CÉLINE
- Voyage au bout de la nuit

CERVANTÈS
- Don Quichotte de la Manche

CHATEAUBRIAND
- Mémoires d'outre-tombe

CHODERLOS DE LACLOS
- Les Liaisons dangereuses

CHRÉTIEN DE TROYES
- Yvain ou le Chevalier au lion

CHRISTIE
- Dix Petits Nègres

CLAUDEL
- La Petite Fille de Monsieur Linh
- Le Rapport de Brodeck

COELHO
- L'Alchimiste

CONAN DOYLE
- Le Chien des Baskerville

DAI SIJIE
- Balzac et la Petite Tailleuse chinoise

DE GAULLE
- Mémoires de guerre III. Le Salut. 1944-1946

DE VIGAN
- No et moi

DICKER
- La Vérité sur l'affaire Harry Quebert

DIDEROT
- Supplément au Voyage de Bougainville

DUMAS
• Les Trois
  Mousquetaires

ÉNARD
• Parlez-leur
  de batailles,
  de rois et
  d'éléphants

FERRARI
• Le Sermon sur la
  chute de Rome

FLAUBERT
• Madame Bovary

FRANK
• Journal
  d'Anne Frank

FRED VARGAS
• Pars vite et
  reviens tard

GARY
• La Vie devant soi

GAUDÉ
• La Mort du
  roi Tsongor
• Le Soleil des
  Scorta

GAUTIER
• La Morte
  amoureuse
• Le Capitaine
  Fracasse

GAVALDA
• 35 kilos d'espoir

GIDE
• Les
  Faux-Monnayeurs

GIONO
• Le Grand
  Troupeau
• Le Hussard
  sur le toit

GIRAUDOUX
• La guerre de
  Troie
  n'aura pas lieu

GOLDING
• Sa Majesté des
  Mouches

GRIMBERT
• Un secret

HEMINGWAY
• Le Vieil Homme
  et la Mer

HESSEL
• Indignez-vous !

HOMÈRE
• L'Odyssée

HUGO
• Le Dernier Jour
  d'un condamné
• Les Misérables
• Notre-Dame
  de Paris

HUXLEY
• Le Meilleur
  des mondes

IONESCO
• Rhinocéros
• La Cantatrice
  chauve

JARY
• Ubu roi

JENNI
• L'Art français
  de la guerre

JOFFO
• Un sac de billes

KAFKA
• La Métamorphose

KEROUAC
• Sur la route

KESSEL
• Le Lion

LARSSON
• Millenium 1. Les
  hommes qui
  n'aimaient pas
  les femmes

LE CLÉZIO
• Mondo

LEVI
• Si c'est un
  homme

LEVY
• Et si c'était vrai…

MAALOUF
• Léon l'Africain

MALRAUX
- La Condition humaine

MARIVAUX
- La Double Inconstance
- Le Jeu de l'amour et du hasard

MARTINEZ
- Du domaine des murmures

MAUPASSANT
- Boule de suif
- Le Horla
- Une vie

MAURIAC
- Le Nœud de vipères

MAURIAC
- Le Sagouin

MÉRIMÉE
- Tamango
- Colomba

MERLE
- La mort est mon métier

MOLIÈRE
- Le Misanthrope
- L'Avare
- Le Bourgeois gentilhomme

MONTAIGNE
- Essais

MORPURGO
- Le Roi Arthur

MUSSET
- Lorenzaccio

MUSSO
- Que serais-je sans toi ?

NOTHOMB
- Stupeur et Tremblements

ORWELL
- La Ferme des animaux
- 1984

PAGNOL
- La Gloire de mon père

PANCOL
- Les Yeux jaunes des crocodiles

PASCAL
- Pensées

PENNAC
- Au bonheur des ogres

POE
- La Chute de la maison Usher

PROUST
- Du côté de chez Swann

QUENEAU
- Zazie dans le métro

QUIGNARD
- Tous les matins du monde

RABELAIS
- Gargantua

RACINE
- Andromaque
- Britannicus
- Phèdre

ROUSSEAU
- Confessions

ROSTAND
- Cyrano de Bergerac

ROWLING
- Harry Potter à l'école des sorciers

SAINT-EXUPÉRY
- Le Petit Prince
- Vol de nuit

SARTRE
- Huis clos
- La Nausée
- Les Mouches

SCHLINK
- Le Liseur

SCHMITT
- La Part de l'autre
- Oscar et la
  Dame rose

SEPULVEDA
- Le Vieux qui
  lisait des romans
  d'amour

SHAKESPEARE
- Roméo et Juliette

SIMENON
- Le Chien jaune

STEEMAN
- L'Assassin
  habite au 21

STEINBECK
- Des souris et
  des hommes

STENDHAL
- Le Rouge et
  le Noir

STEVENSON
- L'Île au trésor

SÜSKIND
- Le Parfum

TOLSTOÏ
- Anna Karénine

TOURNIER
- Vendredi ou
  la Vie sauvage

TOUSSAINT
- Fuir

UHLMAN
- L'Ami retrouvé

VERNE
- Le Tour
  du monde
  en 80 jours
- Vingt mille
  lieues sous
  les mers
- Voyage au
  centre de
  la terre

VIAN
- L'Écume des jours

VOLTAIRE
- Candide

WELLS
- La Guerre des
  mondes

YOURCENAR
- Mémoires
  d'Hadrien

ZOLA
- Au bonheur
  des dames
- L'Assommoir
- Germinal

ZWEIG
- Le Joueur
  d'échecs

L'éditeur veille à la fiabilité des informations publiées, lesquelles ne pourraient toutefois engager sa responsabilité.

© **LePetitLittéraire.fr, 2017. Tous droits réservés.**

www.lepetitlitteraire.fr

ISBN version numérique : 978-2-8062-9703-7
ISBN version papier : 978-2-8062-6951-5
Dépôt légal : D/2017/12603/427

Avec la collaboration de Kelly Carrein pour l'encadré sur
« Louis-Ferdinand Céline », ainsi que pour le chapitre « Un
fil conducteur : la misogynie ».

Conception numérique : Primento,
le partenaire numérique des éditeurs.

Ce titre a été réalisé avec le soutien de la Fédération
Wallonie-Bruxelles, Service général des Lettres et du Livre.

Made in the USA
Monee, IL
07 July 2026

56545176R00024